すてきな
ひとりぼっち

谷川俊太郎

童話屋

目次

装幀・画　島田光雄

すてきなひとりぼっち

すてきなひとりぼっち

誰も知らない道をとおって
誰も知らない野原にくれば
太陽だけが俺の友達
そうだ俺には俺しかいない
俺はすてきなひとりぼっち

（谷川俊太郎　歌の本）

君の忘れた地図をたどって
君の忘れた港にくれば
アンドロメダが青く輝く
そうだ俺には俺しかいない
俺はすてきなひとりぼっち

みんな知ってる空を眺めて
みんな知ってる歌をうたう
だけど俺には俺しかいない
俺はすてきなひとりぼっち

あお

（シャガールと木の葉）

よるのやみにほろぶあおは
あさのひかりによみがえるあお
あおのかなたにすけているいろはなにか

うみのふかみににごっていくあおは
そらのたかみにすみわたるあお
あおのふるさとはどこか

こくうをめざせばそらのあおはきえる
てのひらにすくえばうみのあおはすきとおる
あおをもとめるのはめではない

かなしみのいろ　あこがれのいろ
あおはわたしたちのたましいのいろ
わたしたちのすむこのほしのいろ

まなび

（十八歳）

本を
たくさん
頭の中に
あるばむを
一冊
胸の中に

そして
出来るなら
天国を
心に深く

わたしはもちたい
くるかもしれぬ
独りの時のために

1950.1.25

シャガールと木の葉

（シャガールと木の葉）

貯金はたいて買ったシャガールのリトの横に
道で拾ったクヌギの葉を並べてみた

値段があるものと
値段をつけられぬもの

ヒトの心と手が生み出したものと
自然が生み出したもの

シャガールは美しい
クヌギの葉も美しい

立ち上がり紅茶をいれる
テーブルに落ちるやわらかな午後の日差し

シャガールを見つめていると
あのひととの日々がよみがえる

クヌギの葉を見つめると
この繊細さを創ったものを思う

一枚の木の葉とシャガール
どちらもかけがえのない大切なもの

流れていたラヴェルのピアノの音がたかまる
今日が永遠とひとつになる

窓のむこうの青空にこころとからだが溶けていく
……この涙はどこからきたのだろう

さよならは仮のことば

少年12 （私）

夕焼けと別れて
ぼくは夜に出会う
でも茜色の雲はどこへも行かない
闇にかくれているだけだ

星たちにぼくは今晩はと言わない
彼らはいつも昼の光にひそんでいるから
赤んぼうだったぼくは
ぼくの年輪の中心にいまもいる

誰もいなくならないとぼくは思う
死んだ祖父はぼくの肩に生えたつばさ
時間を超えたどこかへぼくを連れて行く
枯れた花々が残した種子といっしょに

さよならは仮のことば
思い出よりも記憶よりも深く
ぼくらをむすんでいるものがある
それを探さなくてもいい信じさえすれば

九月

（あなたに）

人生ハ美シカツタンダツケ
ドウダツタツケ
ボクハモウ忘レチヤツタンダ
人生ハ生キナキヤイケナインダツケ
ドウダツタツケ
ボクハモウ忘レチヤツタンダ
河ノソバデボクハ捨テタンダ

イロンナモノヲ
足ノトレタ犬ノ玩具《がんぐ》ヤ
白イオオイノカカツタ夏ノ帽子ヤ
不発ノ焼夷弾ヤ初恋ヲ
河ノソバデ
イヤナニオイノスル河ノソバデ
捨テタンダ
ソレカラ
歌ヲ歌ツテ帰ツタンダ
夕陽ヲ背中ニ
河ノ堤ヲ
歌ヲ歌ツテ大キナ声デ

ソレカラ何ヲシナキヤイケナインダツケ
ボクハ捨テタンダカラ
ソノ次ニ何ヲ

ボクハ忘レチヤツタンダ
モウ一ペン捨テルンダツケ
ドウダツタツケ
今度ハ河デ泳グンダツケ
臭イ河デ
秋ノ陽浴ビテ素裸デ
ソレトモ

マダ歌ヲ歌ウンダッケ
ドウダッタッケ

子どもは笑う

（シャガールと木の葉）

子どもが笑っている
ひとりで笑っている
ひとりでに笑っている
誰もいない野原で

丘のほうから吹いてくる風
さっき岩の上で見た虹色のトカゲ
泥まみれの友だちの泣き声の谺

祭りの太鼓の思い出
頭の真上のまぶしい太陽

見たもの聞いたもの
嗅いだもの触ったもの
それらすべてにくすぐられて
子どもが笑っている

今いのちが生れているのだ
子どもの中に

*

子どもには百千もの笑うわけがある
それが大人にはただひとつにしか見えない
子どもが笑っているだけで大人は安心してしまう

だが子どももまた
苦しみを笑うすべを知っている
垢だらけの無垢をあらわに

子どもはもう
大人を嘲るすべを知っている
あどけない笑顔を武器に

百千もの笑顔を
大人は見分けているだろうか

*

どこで覚えたのか
いつ覚えたのか
笑うことを
大声で泣きながら
この世に生れたあとで

この世と戦うためにほほえむ子ども
この世と和解するためにほほえむ子ども
どんな貧しさも
どんな富も子どものほほえみを奪うことは出来ない

朝

（空に小鳥がいなくなった日）

また朝が来てぼくは生きていた
夜の間の夢をすっかり忘れてぼくは見た
柿の木の裸の枝が風にゆれ
首輪のない犬が陽だまりに寝そべってるのを

百年前ぼくはここにいなかった
百年後ぼくはここにいないだろう

あたり前な所のようでいて
地上はきっと思いがけない場所なんだ

いつだったか子宮の中で
ぼくは小さな小さな卵だった
それから小さな小さな魚になって
それから小さな小さな鳥になって

それからやっとぼくは人間になった
十ヶ月を何千億年もかかって生きて
そんなこともぼくら復習しなきゃ
今まで予習ばっかりしすぎたから

今朝一滴の水のすきとおった冷たさが
ぼくに人間とは何かを教える
魚たちと鳥たちとそして
ぼくを殺すかもしれぬけものとすら
その水をわかちあいたい

窓のとなりに

（うつむく青年）

窓のとなりに窓があり
そのまたとなり窓がある
窓には空がうつってる
窓から顔がのぞいてる

窓のむこうに山があり
そのまたむこう山がある

山には誰かかくれてる
山から風が吹いてくる

人のちかくに人がいて
そのまたちかく人がいる
人には愛がかくれてる
人から汗がにおってる

夜のかなたに夜があり
そのまたかなた夜がある
夜には石が積まれてく
夜から夢がわいてくる

夜のとおくに国があり
そのまたとおく国がある
そこでも誰か歌ってる
そこから朝がやってくる

朝のリレー

（谷川俊太郎詩集　日本の詩人17）

カムチャッカの若者が
きりんの夢を見ているとき
メキシコの娘は
朝もやの中でバスを待っている
ニューヨークの少女が
ほほえみながら寝がえりをうつとき
ローマの少年は
柱頭を染める朝陽にウインクする

この地球では
いつもどこかで朝がはじまっている

ぼくらは朝をリレーするのだ
経度から経度へと
そうしていわば交替で地球を守る
眠る前のひととき耳をすますと
どこか遠くで目覚時計のベルが鳴ってる
それはあなたの送った朝を
誰かがしっかりと受けとめた証拠なのだ

恋のかくれんぼ

まあるい地球に朝がきて
だれかとだれかがかくれんぼ
もういいかい
まあだだよ
かくれるだれかの耳たぶに
みつけるだれかがキスしてる

(谷川俊太郎 歌の本)

まあるい地球に夜がきて
わたしとあなたと通りゃんせ
往きはよいよい
帰りはこわい
ここはどこの細道じゃ
ふたりの恋の細道じゃ

願い

（シャガールと木の葉）

いっしょにふるえて下さい
私が熱でふるえているとき
私の熱を数字に変えたりしないで
私の汗びっしょりの肌に
あなたのひんやりと乾いた肌を下さい

分かろうとしないで下さい
私がうわごとを言いつづけるとき
意味なんか探さないで
夜っぴて私のそばにいて下さい
たとえ私があなたを突きとばしても

私の痛みは私だけのもの
あなたにわけてあげることはできません
全世界が一本の鋭い錐でしかないとき
せめて目をつむり耐えて下さい
あなたも私の敵であるということに

あなたをまるごと私に下さい
頭だけではいやです心だけでも
あなたの背中に私を負って
手さぐりでさまよってほしいのです
よみのくにの泉のほとりを

泣いているきみ

少年9

泣いているきみのとなりに座って
ぼくはきみの胸の中の草原を想う
ぼくが行ったことのないそこで
きみは広い広い空にむかって歌っている

泣いているきみが好きだ
笑っているきみと同じくらい
哀しみはいつもどこにでもあって
それはいつか必ず歓びへと溶けていく

（私）

泣いているわけをぼくは訊ねない
たとえそれがぼくのせいだとしても
いまきみはぼくの手のとどかないところで
世界に抱きしめられている

きみの涙のひとしずくのうちに
あらゆる時代のあらゆる人々がいて
ぼくは彼らにむかって言うだろう
泣いているきみが好きだと

愛

Paul Klee に

（愛について）

いつまでも
そんなにいつまでも
むすばれているのだどこまでも
そんなにどこまでもむすばれているのだ
弱いもののために
愛し合いながらもたちきられているもの
ひとりで生きているもののために
いつまでも

そんなにいつまでも終らない歌が要《い》るのだ
天と地とをあらそわせぬために
たちきられたものをもとのつながりに戻すため
ひとりの心をひとびとの心に
塹壕《ざんごう》を古い村々に
空を無知な鳥たちに
お伽話を小さな子らに
蜜を勤勉な蜂たちに
世界を名づけられぬものにかえすため
どこまでも
そんなにどこまでもむすばれている
まるで自ら終ろうとしているように

まるで自ら全《まった》いものになろうとするように
神の設計図のようにどこまでも
そんなにいつまでも完成しようとしている
すべてをむすぶために
たちきられているものはひとつもないように
すべてがひとつの名のもとに生き続けられるように
樹がきこりと
少女が血と
窓が恋と
歌がもうひとつの歌と
あらそうことのないように
生きるのに不要なもののひとつもないように

そんなに豊かに
そんなにいつまでもひろがつてゆくイマージユがある
世界に自らを真似させようと
やさしい目差でさし招くイマージユがある

朝のかたち

（空に小鳥がいなくなった日）

昨夜から思いつめていたことが
果てのない荒野のように夢に現れ
その夢の途中で目覚時計が鳴った
硝子《ガラス》戸の向こうで犬が尾を振り
卓の上のコップにななめに陽が射し
そこに朝があった

朝はその日も光だった
おそろしいほど鮮やかに

魂のすみずみまで照らし出され
私はもう自分に嘘がつけなかった
私は〈おはよう〉と言い
その言葉が私を守ってくれるのを感じた

朝がそこにあった
蛇口から冷い水がほとばしり
味噌汁のにおいが部屋に満ち
国中の道で人々は一心に歩み
幸せよりたしかに希望よりまぶしく
私は朝のかたちを見た

あげます

（谷川俊太郎詩集　日本の詩人17）

もぎたてのりんごかじったこともあるし
海に向かってひとりで歌ったこともある
スパゲッティ食べておしゃべりもしたし
大きな赤い風船ふくらませたこともある
あなたを好きとささやいてそして
しょっぱい涙の味ももう知っている
そんな私のくちびる……

いまはじめて――あなたにあげます
世界じゅうが声をひそめるこの夜に

夜のジャズ

（あなたに）

太郎はめくら
夜だから
花子もめくら
夜だから
何も見えない
さわるだけ
太郎はさわる
花子もさわる
とても生きのいいお魚

とても新しい貝
とてもすごいあらし
とてもゆれる舟
とてもまつくろい夜
とてもとても
とつてもさ
静かにひろがつている四本の枝と四本の根
朝になれば
小鳥がとまる
朝になれば
青空
だけど今はまだ

夜だから
太郎はめくら
夜だから
花子もめくら
夢だけのぎつしりつまつた
めくら
二つの壺《つぼ》も
二つの椅子《いす》も
一つの家も
沢山の町も
一本の道も
泣いている赤坊も

夢の中
めくらの眼でさわる
かすかな明日
天使のかわいいおちんちんが
指さしている未来
アアイイウエオ
神様のお尻に火をつけろ

ここ

（空に小鳥がいなくなった日）

まず
くつろいで
靴ぬいで
手も足も
のばせるだけのばして
ここはどこ？
ここはここさ
空のした
星のうえ

人々のあいだ
きみたちふたりの
いまいるところ

とりあえず
くつろいで
ここでここの
風をかぐのさ
ここでここの
光を見るんだ
ここにここの
今日がある

何もない床の上
毛布にくるまり
愛しあうんだ

くつろいで
ツバメが飛びかう
ハトが鳴く
くつろいで
シカが走り
ヒョウが吠え
くつろいで
イルカが泳ぎ

ペンギンが歩く
くつろいで
バラは咲き
くつろいで
クルミは実る
ここは
そういうところなんだ

だからね
なにはともあれ
くつろいで
好きな人には

手紙を書いて
きらいな人にも
葉書は書いて
それから
あたり前なことを
ひとつする
のどがかわいて
水を飲むとか
ついでに
あたり前でないことも
ひとつする
頭に野菜の

帽子をかぶる
など

つまりは
やっぱり
きわめて
くつろいで
おそろいで
靴下なんか
つくろって

夫が妻へ

おまえをみつめていると
私は男らしさをとりもどす
おまえの手はひびがきれ
おまえのくちびるのわきには
小さなしわがきざまれている

おまえの心は日々の重みに
少しゆがんでるかもしれない
けれどおまえをみつめていると

（谷川俊太郎詩集　日本の詩人17）

私はやさしさをとりもどす
一日の新鮮さをとりもどす

おまえをみつめていると
おまえを守らずにいられない
あらゆる暴力から
あらゆる不幸からおまえを守り
こんなにも女らしいおまえを
こんなにもゆたかなおまえを
私は愛さずにいられない

よげん

きはきられるだろう
くさはかられるだろう
むしはおわれ
けものはほふられ
うみはうめたてられ
まちはあてどなくひろがり
こどもらはてなずけられるだろう

（夜のミッキー・マウス）

そらはけがされるだろう
つちはけずられるだろう
やまはくずれ
かわはかくされ
みちはからみあい
ひはいよいよもえさかり
とりははねをむしられるだろう

そしてなおひとはいきるだろう
かたりつづけることばにまどわされ
いろあざやかなまぼろしにめをくらまされ
たがいにくちまねをしながら

あいをささやくだろう
はだかのからだで
はだかのこころをかくしながら

どうして一緒にいるんだろう

あたりまえみたいな顔をして
ふたりで旅する話をしている
明日のくるのがなんだか不思議だ
どうして一緒にいるんだろう
愛だなんててれくさい　でもよりそって
よりそって人は夢を見る

あたりまえみたいな顔をして
ひとつのカマからご飯を食べてる

（谷川俊太郎 歌の本）

昨日《きのう》のけんかをけろりと忘れて
どうして一緒にいるんだろう
愛だなんててれくさい　でもよりそって
よりそって人は生きてゆく

あたりまえみたいな顔をして
となりのふとんでいびきをかいてる
優しい言葉もひさしく聞かない
どうして一緒にいるんだろう
愛だなんててれくさい　でもよりそって
よりそって人は年をとる

まんじゅう

（わらべうた続）

まんじゅう　いくつくう
じゅうろく　くう
まんじゅう　いつくう
しじゅう　くう

まんじゅう　どこでくう
どうちゅうで　くう
まんじゅう　どうくう
むちゅうで　くう
まんじゅう　うちゅう
しきそくぜくう

ゆびきりうた

（わらべうた続）

きりきり　ゆびきり　これっきり
うらぎり　かまきり　それっきり
きりきり　ゆびきり　こんかぎり
ふぎり　よしきり　まるっきり

じしんなだめうた

（わらべうた続）

じべたっこ　ゆれるなよ
かけすのたまごが　おちるでないか
もぐらのとんねる　うまるでないか

じべたっこ　ゆれるなよ
とったきのこは　おかえしします
あまざけろっぱい　おまけにつける

いるか

（ことばあそびうた）

いるかいるか
いないかいるか
いないいないいるか
いつならいるか
よるならいるか
またきてみるか

いるかいないか
いないかいるか
いるいるいるか
いっぱいいるか
ねているいるか
ゆめみているか

うそつき

（わらべうた）

うそつき　きつねつき
やねにのぼって　さかなつく
ついてもついても　つききれぬ
そらにさかなが　いるものか

うそつき　けらつつき
いけにはいって　てまりつく

ついても　ついても　つききれぬ
どじょっこふなっこ　おおわらい

うそつき　うまれつき
つきのさばくで　かねをつく
ついてもついても　つききれぬ
だれもきかない　なんまいだ

けんかならこい

（わらべうた）

けんかならこい　はだかでこい
はだかでくるのが　こわいなら
てんぷらなべを　かぶってこい
ちんぽこじゃまなら　にぎってこい

けんかならこい　ひとりでこい
ひとりでくるのが　こわいなら

よめさんさんにん　つれてこい
のどがかわけば　さけのんでこい

けんかならこい　はしってこい
はしってくるのが　こわいなら
おんぼろろけっと　のってこい
きょうがだめなら　おとといこい

しぬまえにおじいさんのいったこと

（みんなやわらかい）

わたしは　かじりかけのりんごをのこして
しんでゆく
いいのこすことは　なにもない
よいことは　つづくだろうし
わるいことは　なくならぬだろうから
わたしには　くちずさむうたがあったから
さびかかった　かなづちもあったから
いうことなしだ

わたしの　いちばんすきなひとに
つたえておくれ
わたしは　むかしあなたをすきになって
いまも　すきだと
あのよで　つむことのできる
いちばんきれいな　はなを
あなたに　ささげると

はな

（はだか）

はなびらはさわるとひんやりしめっている
いろがなかからしみだしてくるみたい
はなをのぞきこむとふかいたにのようだ
そのまんなかから けがはえている
うすきみわるいことをしゃべりだしそう
はなをみているとどうしていいかわからない
はなびらをくちにいれてかむと
かすかにすっぱくてあたまがからっぽになる

せんせいははなのなまえをおぼえろという
だけどわたしはおぼえたくない
のはらのまんなかにわたしはたっていて
たってるほかなにもしたくない
はだしのあしのうらがちくちくする
おでこのところまでおひさまがきている
くうきのおととにおいとあじがする
にんげんはなにかをしなくてはいけないのか
はなはただfavoriteさいているだけなのに
それだけでいきているのに

すきとおる

すきとおっていたい
いろんないろに
むかしむかしのがらすのように
わたしにすかすと
ゆきはほのかにあかくそまる
わたしにすかすと
ひとはすこしあおざめる

（子どもの肖像）

でもかぜはわたしにぶつかって
まだあったことのないこいびとのほうへ
わたしのにおいをはこんでゆく
そしてよるがきたら
おほしさまにすけていたい
ゆめのなかにとけてゆきたい

はだか

（はだか）

ひとりでるすばんをしていたひるま
きゅうにはだかになりたくなった
あたまからふくをぬいで
したぎもぬいでぱんてぃもぬいで
くつしたもぬいだ
よるおふろにはいるときとぜんぜんちがう
すごくむねがどきどきして
さむくないのにうでとももに
さむいぼがたっている

ぬいだふくがあしもとでいきものみたい
わたしのからだのにおいが
もわっとのぼってくる
おなかをみるとすべすべと
どこまでもつづいている
おひさまがあたっていてもえるようだ
じぶんのからだにさわるのがこわい
わたしはじめんにかじりつきたい
わたしはそらにとけていってしまいたい

がいこつ

（みんなやわらかい）

ぼくはしんだらがいこつになりたい
がいこつになってようこちゃんとあそびたい
ぶらんこにのるとかぜがすうすうとおりぬけて
きっといいきもちだとおもう
ようこちゃんはこわがるかもしれないけれど
ぼくはようこちゃんとてをつないでいたい

めもみみもからっぽだけど
ぼくにはなんでもみえるしなんでもきこえる
がいこつになってもむかしのことはわすれない
かなしかったこと　おかしかったこと
ぼくはほねをならしてかたかたわらう

みんなはぼくをじろじろみるだろう
みんなはぼくをいじめるだろう
ぼくはもうしんでいるのだから
もうがいこつなのだから

でもぼくはへいきだ
ぼくはようこちゃんにがいこつのきもちをおしえる
いきているときにはわからなかったきもちをおしえる
もうおなかもすかないし
もうしぬのもこわくないから
ぼくはいつまでもいつまでもようこちゃんとあそぶ

ひとり

（はだか）

ほっといてほしいのおねがいだから
めをつむるわなにもみえないように
みみをふさぐわくちもつぐむわ
でもこころはなくしてしまえないから
おもいだしてしまうのつらいこと
わたしをいじめるあなたはにくくない
あなたもほかのだれかにいじめられてる

そのほかのだれかもまたもっとほかのだれかに
わたしたちはみんないじめられてる
めにみえないぶよぶよしたものに
おとなたちがきづかずにつくっているものに
おかあさんのなぐさめもうるさいだけ
おとうさんのはげましもうっとうしいだけ
だからいまはただひとりにしておいて
ほんのすこしだけしんでいたいの
ほんとにしぬのはわるいことだから
おんがくもきかずにあおぞらもみずに
わたしひとりでもくせいまでいってくるわ

さようなら

（はだか）

ぼくもういかなきゃなんない
すぐいかなきゃなんない
どこへいくのかわからないけど
さくらなみきのしたをとおって
おおどおりをしんごうでわたって
いつもながめてるやまをめじるしに
ひとりでいかなきゃなんない

どうしてなのかしらないけど
おかあさんごめんなさい
おとうさんにやさしくしてあげて
ぼくすききらいいわずになんでもたべる
ほんもいまよりたくさんよむとおもう
よるになったらほしをみる
ひるはいろんなひととはなしをする
そしてきっといちばんすきなものをみつける
みつけたらたいせつにしてしぬまでいきる
だからとおくにいてもさびしくないよ
ぼくもういかなきゃなんない

子どもは眠る

父親が眠るその同じ夜を
小さな息子も眠っている
象形文字のように腕をひろげ
寝息もたてず深く眠っている

息子がどんな夢を見ているか
父親はついに知り得ない
父親にできることといえば
めくらのように寝顔をみつめるだけ……

（空に小鳥がいなくなった日）

だがその愛がいつか息子の夢を育てるのだ
ひとりぼっちの夢
宇宙の胞衣《えな》いっぱいの未来を

夜が明ける
一日がはじまる
まわらぬ舌で息子は云う〈おはよう〉

男の子のマーチ

（あなたに）

おちんちんはとがってて
月へゆくロケットそっくりだ
とべとべおちんちん
おにがめかくししてるまに

おちんちんはやらかくて
ちっちゃなけものみたいだ
はしれはしれおちんちん
へびのキキよりもっとはやく

おちんちんはつめたくて
ひらきかけのはなのつぼみ
ひらけひらけおちんちん
みつはつぼにあふれそう

おちんちんはかたくつて
どろぼうのピストルににてる
うてうておちんちん
なまりのへいたいみなごろし

へえ　そうかい

（そのほかに）

へえ　そうかい　そんなもんかい
あかりを消して背中をむけて
しょっぱい涙を自分でなめて
そんなもんかい　哀しみなんて

へえ　そうかい　そんなもんかい
誰でもみんな道化師なのに
自分ひとりがヒロインきどり
そんなもんかい　哀しみなんて

へえ　そうかい　そんなもんかい
明日はきっといい天気だよ
髪をほどいて鏡をごらん
そんなもんかい　哀しみなんて

いつか土に帰るまでの一日

（世間知ラズ）

二人友達が来て三時半まで飲んでしゃべっていった
寝ようと思って小便しながら外を見たら
外はもう明るく小鳥が鳴き始めていた
こういう一日の終わりかたは久しぶりだ

日記を書きたかったが眠くて書けなかった
一日の出来事のうちのどれを書き
どれを書かないかという判断はいつもむずかしい

書かずにいられないことは何ひとつないのに
何も書かずにいると落ち着かないのは何故だろう

小便してからぼくは五時間ほど眠り　夢はすべて忘れ
起きてこうして日記の代わりの詩を書く
そうだ思い出した　友達のひとりは酔って
妻を尊敬しているが愛してはいないと繰り返し主張し
もうひとりは嫌いな作家の名を五人あげようとして三人しかあげられず
みんなで藍色のガラス鉢から桜んぼを食べた

一日はそうして終わったのだと信じたいがそうはいかない
残ったのは（そして失ったものも）言葉だけじゃないから

詩は言葉を超えることはできない
言葉を超えることのできるのは人間だけ
ゆうべぼくは涙が出るほど笑ったが
笑った理由を今日はきれいさっぱり忘れている

また

（落首九十九）

またか
まただ
またまたか
またまたさ
なれっこだな
なれっこさ

よくないな
よくないよ
どうする
どうしよう
怒るか
怒ろう

プン
プン

黄金の魚　1923

（夜中に台所でぼくはきみに話しかけたかった）

おおきなさかなはおおきなくちで
ちゅうくらいのさかなをたべ
ちゅうくらいのさかなは
ちいさなさかなをたべ
ちいさなさかなは
もっとちいさな
さかなをたべ
いのちはいのちをいけにえとして
ひかりかがやく

しあわせはふしあわせをやしないとして
はなひらく
どんなよろこびのふかいうみにも
ひとつぶのなみだが
とけていないということはない

よりあいよりあい——宅老所 よりあい に寄せて

（シャガールと木の葉）

よるがちかづくとたましいは
りくつをわすれる
あいのしょっぱさも
いきることのすっぱさも
よけいにあじわえて
りきむことなく
あえかなまどろみに

いいゆめをみて
よれよれのからだも
りすのよう　きにかけのぼり
あまいこのみを
いっぱいとってくる
よろこびにはなんの
りゆうもなく
あすはちかくてとおい
いきるだけさ　しぬまでは

はるのあけぼの

そのしずもりのそこにいま
うぶごえをあげようとする
ものがいてはるのあけぼの
しにゆくもののほほえみは
つちにしみそらにひろがる

（そのほかに）

はなばなのちからにみちて
みどりごのひとみはひらく
しろがねのはるのあけぼの
といきよりといきへつづく
やすらぎのみちはひとすじ

ほほえみのわけ――山中康裕さんに

うまれてきたことを
はにかんでいるかのように
あかんぼがほほえむ
あのよのはなのかおりを
もうかいだかのように
ぼけたじいさんがほほえむ

（シャガールと木の葉）

うまれるまえのわすれものを
たったいまみつけたかのように
しょうじょがほほえむ
このよにゆるせぬことは
なにひとつないかのように
ねたきりのばあさんがほほえむ

わらいのわけを
たずねることはできる
だがほほえみのわけは
たずねることができない

いきることのなぞを
とかずにおこうというかのように
みほとけがほほえむ
かなたからのかすかなかぜに
くすぐられたかのように
ひとしれずいけがほほえむ

私が歌う理由《わけ》

（空に小鳥がいなくなった日）

私が歌うわけは
いっぴきの仔猫
ずぶぬれで死んでゆく
いっぴきの仔猫

私が歌うわけは
いっぽんのけやき
根をたたれ枯れてゆく
いっぽんのけやき

私が歌うわけは
ひとりの子ども
目をみはり立ちすくむ
ひとりの子ども

私が歌うわけは
ひとりのおとこ

目をそむけうずくまる
ひとりのおとこ

私が歌うわけは
一滴の涙
くやしさといらだちの
一滴の涙

星の勲章

（シャガールと木の葉）

星はあんなに小さくてかわいそう
子どものころはそう思っていた
私はどんどん大きくなるのに

大人になって星はほんとはとても大きいのだと知った
小さいのははるか遠くにあるから
私がどんなに大きくなっても手がとどかないほど遠くに

それでも私は願っている
いつか星が草むらに落ちているのを見つけたいと
限りない宇宙の中で迷子になって
地球に落ちて来た星は光もうすれ死にかけている

子どもにもどって私は星を抱きしめる
かわいそうな星　ひとりぼっちの星
まるで私みたい……そして突然気づく
この星は神さまが私にくださった勲章なのだと

ひとりで

（世間知ラズ）

「亡き王女のためのパヴァーヌ」を聞いていると
ぼくは一生ひとりで暮らすほうがよかったんじゃないかと思う
そば粉のパンケーキを焼いてメープルシロップをかけて
ひとりで食べる自分の姿が目に浮かぶ

友達なんかだあれもいないのだ
もちろん妻も恋人も
従兄弟《いとこ》の名前ひとつ覚えていない

両親の墓参りは嫌いじゃないが
それはもうふたりとも死んでいるから

マスターベーションするんだろうか
それとも女を買うんだろうか
朝までしつこくやるんだろうか
いろんな体位で

赤ん坊の夜泣きも妻の罵声《ばせい》も知らないぼくが
「亡き王女のためのパヴァーヌ」を聞いている
だがひとりぼっちのぼくはもうひとつの人生を思い描いたりはしない
忠実な老犬のようについてくる旋律を従え

冬枯れの並木道を歩いてゆく
かかわったこともない人間への憐みに満ちて
そうやって精一杯この世を愛してるつもりなのだ
悪意も情熱もなく

百歳になって

（シャガールと木の葉）

百歳になったカラダに囚われて
タマシイはうずうずしている
そろそろカラダを脱いでしまいたいのだ
古くなった外套みたいに

「おいおい」とカラダは言う
「おれを脱いだらおまえはどうなる？」
「ふわふわどこかへ飛んで行きます」
なんだか嬉しそうにタマシイは答える

カラダはぶるぶるふるえて怒る
「生き残るのはおまえだけか？」
不思議そうにタマシイは答える
「そんなに死ぬのが嫌ですか？」

窓の外は今年も桜の花盛り
その上の空はどこまでも青く限りなく

カラダは足腰の痛みも忘れて叫ぶ
「生きたい生きたいいつまでも！」

その生きたい自分は誰なのか
カラダなのかタマシイなのか
生れる前のことを思い出したい
ヒトの形になる前のこと

生れる前にも自分がいたら
死んだ後にも自分はいる
「死んだら死んだで生きていくさ」
私の好きな草野心平さんの言葉です

タマシイとの対話にくたびれて
カラダは寝酒をすすって布団に横たわる
夢の中でカラダはすっかり軽くなり
赤んぼみたいに笑いながら空を飛んでる

62

（六十二のソネット）

世界が私を愛してくれるので
（むごい仕方でまた時に
やさしい仕方で）
私はいつまでも孤りでいられる

私に始めてひとりのひとが与えられた時にも
私はただ世界の物音ばかりを聴いていた
私には単純な悲しみと喜びだけが明らかだ
私はいつも世界のものだから

空に樹にひとに
私は自らを投げかける
やがて世界の豊かさそのものとなるために
……私はひとを呼ぶ
すると世界がふり向く
そして私がいなくなる

じゃあね

思い出しておくれ
あの日のこと
楽しかったあの日のこと
けれどそれももう過ぎ去って
じゃあね
ひとりぼっちはこわいけど
きみにはきみの明日がある

(空に小鳥がいなくなった日)

どこか見知らぬ宇宙のかなたで
また会うこともあるかもしれない
じゃあね
もうふり返らなくていいんだよ
さよならよりもさりげなく
じゃあね　じゃあね……

忘れちゃっておくれ
あの日のこと
くやしかったあの日のこと
けれどそれももう過ぎ去って
じゃあね

年をとるのはこわいけど
ぼくにはぼくの日々がある
いつか夜明けの夢のはざまで
また会うこともあるかもしれない
じゃあね
もうふり返らなくていいんだよ
さよならよりもきっぱりと
じゃあね　じゃあね……

編者あとがき

この詞華集「すてきなひとりぼっち」は「はるかな国からやってきた」（二〇〇三年童話屋刊）の対になる詩集です。近作の詩もふくめ千数百編の詩をあらためて読み返してみて、思わずため息をつきました。選びとるのは四、五十編ですが、そのどれもが落とせないのです。

その昔、茨木のり子さんが呟いたひとことが思いだされます。「谷川さんには代表作がないのよ」。石垣りんさんがそばにいました。「わたしにも代表作なんてないわ」と石垣さん。詩人どうしの会話に耳はそばだてても口をはさむ雰囲気ではありませんでした。二人はそれぞれちがうことを考えて話はかみ合わず、頓珍漢のまま別れました。あとになって茨木さんは編者にそっと「谷川さんには駄作がない」というつもりだったと教えてくれました。
二十一歳のとき「二十億光年の孤独」でデビューした谷川さんは、すでに十八歳にして、およそいのちは、幸せに生まれ、幸せに生き、やがて幸せに還る、というこの宇宙の摂理に気づいてしまって、以来そこからぶれたことはありません。ひとりというのもいのちの姿です。「まなび」という詩は十八歳のころの作品ですが、やがて来る独りの時のために、本を頭に、あるばむを胸に、天国を心に深く、もちたい、とうたいました。「あお」という詩では、はるかな国からやってきた自分の魂の色は青であり、青は人間の住むこの地球の色だ、とうたいます。
「朝」という詩では
百年前ぼくはここにいなかった
百年後ぼくはここにいないだろう
と書いたあとで

今朝一滴の水のすきとおった冷たさが
ぼくに人間とは何かを教える
魚たちと鳥たちとそして
ぼくを殺すかもしれぬけものとすら
その水をわかちあいたい

とうたうや、とつぜん谷川さんは掌をかえして、わらべうたを唄いはじめます。「まんじゅう」というのです。

まんじゅう　いくつくう
じゅうろく　くう
（中略）
まんじゅう　どうくう
むちゅうで　くう
まんじゅう　うちゅう
しきそくぜくう

と、うっちゃりを食わせます。

そうして谷川さんも齢を重ね（まだ七十六歳ですが）、さよならの詩がたくさん生まれてきています。この詞華集のさいごの詩は「じゃあね」です。

思い出しておくれ
あの日のこと
楽しかったあの日のこと
けれどそれももう過ぎ去って
じゃあね
ひとりぼっちはこわいけど
きみにはきみの明日がある
（中略）
年をとるのはこわいけど
ぼくにはぼくの日々がある

いつか夜明けの夢のはざまで
また会うこともあるかもしれない
じゃあね
もうふり返らなくていいんだよ
さよならよりもきっぱりと
じゃあね　じゃあね……

二〇〇八年七月

童話屋　田中和雄

すてきなひとりぼっち

二〇〇八年七月二〇日初版発行
二〇一五年三月一日第八刷発行
詩　谷川俊太郎
発行者　田中和雄
発行所　株式会社　童話屋
〒166-0016　東京都杉並区成田西二―五―八
電話〇三―五三〇五―三三九一
製版・印刷・製本　株式会社　精興社
NDC九一一・一六〇頁・一五センチ

ISBN978-4-88747-084-2

地球の未来を考えて T.G（Think Green）用紙を使用しています。